Wenn du mal nicht weiter weißt

Gisela Steineckert

Wenn du mal nicht weiter weißt

Gedichte

neues leben

Das alles nochmal spürn
erinnern verabschieden
noch einmal genießen

Ich hatte das Glück, zu lieben
danke

Am Tag der Rose
werde ich dastehn
und sehn
wie all die schwimmenden Felle
sich eilig häufen zur Wiederkehr
wir legen uns nieder auf sie
und fallen einander ins Wort
unablässig und wie ohne Mühe
ein jedes hört dem anderen zu
und findet Ergänzung zum Eigenen
ich sehe, wie du die Rose
mit deinen schönen Fingern entblätterst
heb ein Blatt auf, sage ich
zum Erinnern an unsere Angst
die Sehnsucht und den Schmerz
alles wäre möglich gewesen
auch die Verlängerung der Abwesenheit
unser einziger Grund, zu trauern

Ich hab gelacht über dich
und mit dir auch
hinter deinem Rücken
wenn ich dich verriss
doch wie ein unverhoffter Biss
traf es die eigenen Lippen
und schmerzte zwischen den Rippen
so wurde die Lache zur bösen Sache

Ich hab mich davongemacht
den Ernst um dich hab ich weggelacht
so blöde hab ich seither nie mehr
über Liebe gedacht

Auch wenn ich deinen Tod auf mich nähme
ich kann nicht erzwingen
dass ich bin wie neu geborn
mir ist, als hätte mich keiner vor dir berührt
aber so ist es nicht gewesen
als hätte ich vor dir ganz anders gedacht
aber so war es nicht
Weil du mir nahe stehst
soll mir keiner zu nahe getreten sein
aber so war es nicht

Manchmal fühle ich mich
als hätte ich mit mir rumgeworfen
aber so ist es nicht gewesen
ich hab mit dem einen getanzt
mit dem andern gespielt
und abgewiesen hab ich auch
Männer und Gedanken
alles wäre möglich gewesen vor dir
aber so war es nicht
kein Tag in meinem Leben
kann ungewesen sein
wenn du das nicht erträgst
wenn du das nicht brauchst
diese Spuren gern gelebten Lebens
dann kann ich die Erde bewegen
und es zählt am Ende nicht

Aus der Arche stieg
wie an Noahs Hand
jener eine Mann
der mich verstand
und er zog mich fort
an den Ort
den die Liebe kennt
und alles beim Namen nennt

Er war die andre Hälfte
wie ich von ihm ein Teil
und wir lebten unsre Tage
miteinander heil
es war die Liebe
die alle Salben kennt
Unkraut niederbrennt
aber auch Gewebtes trennt

Manchmal wars, als ob ich ihn verlor
es hat auch Zeit gegeben
da kam ich mir kühler vor
doch wie immer sich eins verrennt
es war die Liebe
die ihr Zuhause kennt

Noch lebe ich
hab der Tage Fülle
und manchmal meine Stille
in meinen Liedern find ich mich
die fangen mit einer Zeile an
die bleiben, fluchen, oder segnen kann

So fängt oft die Liebe an
und wenn sie nach ausreichend Zeit
wirklich gedeiht
macht sie auch arm
stellt uns hin und stellt uns bloß
so bleiben wir menschengroß

Liebe und Lieder, verlasst uns nicht
sonst bleibt alles an uns armer Wicht

Die Oliven gedeihn
aber Krieg ist im Land
Sieger und Besiegte
neues Oben und Unten

Immer erklärt der Sieger
dem Besiegten den Schlachtenlärm
zur jubelnden Nachtigall

Ihr wartet vergeblich auf mein mea culpa
»du hast keine Freiheit gehabt«
Herr, welche habe ich denn jetzt

Ich hab Nächte verschludert und gelebt
noch mit kindsschwerem Leib
die halbe Nacht lang getanzt
Lob hat mich gehoben, Tadel niedergedrückt
es gab Tage, da hab ich mein Zuhause geliebt
wie einen Kerl, der einen zur Weißglut reizt
manchmal hatten wir auch Frieden
kaum je bis zum Ende des Tages
Und ihr?

Um welche Heldentat steht ihr nun da
mit überfülltem Warenkorb
die Rotte findet sich, germanisch Feuerrad
ich habe Angst
Krieg ist im Land, in der Arbeit, im dunklen Flur
sagt nicht, so ist die menschliche Natur

Wenn wir uns nicht wehren, wird kein Frieden sein
dem Mann nicht, noch der Frau
ich will nicht zurück, redet mir das nicht ein
aber eure Antworten wecken meine Fragen
ich will das so nicht ertragen

Vergeblich war
dich anzusehn
und zu hoffen, dass daraus
Erkenntnis wird
eine, die hilft, dass sich unsereins
nicht schon wieder irrt

zu lange Zeit verwirrter Fäden
sacht zu ordnen
bis jedes still für sich
die Dinge neu erwägt
sich endlich selbst erträgt
nicht länger am seidenen Faden sägt

Hätt ich, aber ich habe ja nicht
wär ich, aber ich bin's nicht gewesen
die Augen erfuhren ein anderes Licht
ich konnt nichts erkennen
nichts lesen

Könnt ich, aber ich wüsste nicht, wie
ließ fast meinen Kopf bei dir hängen
hol ich den ab oder tät ich das nie
ich wollte dich bedrängen

Wollte und schlug den Befehl in den Wind
sah krumm, was mir erst grade schien
ich gab mich vor dir als verletztes Kind
und Heldin auf schwachen Knien

Mir hat nur vor einem gegraut
wenn er nun den Aufwand durchschaut
ach, er weiß auch nicht mehr
als der von vorher
ich wollt, ich hätt geschwiegen
und ihm mehr zugetraut

Ich höre
nur die Harten komm' in'n Garten
manche könnens kaum erwarten
bei Gewittern schön zu zittern
oder unter den Eichen erbleichen
den Harten fehlt die Erfahrung
nur Liebe und Ruhe bringt Bewahrung

Ich bleib bei meinesgleichen
bei den Weichen
die Harten machen als Erste die Mücke
und wir, mit unserm bisschen Mut
fülln die entstandene Lücke
wolln sehn, wie es uns auf Dauer tut
bisher ganz gut

Was bleibt, wenn nun die Freunde sterben
zu früh vom Leben aufgebraucht
wir können neu um Freundschaft werben
wenn uns der Mut nicht untertaucht

Was bleibt uns von den roten Nelken
wenn wir sie regenfleckig sehn
da sagen wir, sie stehn und welken
sind nicht mehr rot, sind nicht mehr schön

Was immer sie von uns erwarten
die Jungen, träge
oder dreist
sie sind nun dran, sie müssen starten
in Ja und Nein und was das für sie heißt

Sie wolln die eignen Fahnen schwenken
wir unsre noch nicht niederholn
wir solln uns unsre Lehren schenken
derweil sie manches wiederholn

Was bleibt, das deckt kein grüner Rasen
auch wenn sich manches scheu vermummt
die Scham um Jud', Soldat, Vergasen
die erst mit unserm Tod verstummt

Es ist gar nichts passiert
am Himmel seh ich dasselbe Geviert
strecke mich nach der Decke
merk mir ein paar Verstecke

Worauf hab ich gehofft
auf die Nachrichten, heute besternt?
Weniger entfernt
was als Nähe nicht gerät?
Für Anfänge ist es nie zu spät
ich hab das anders gelernt
weil manches nie mehr sein kann
Ist scheinbar gar nichts passiert
nur dass man jeden Tag
ein messbares Gramm Hoffnung verliert

Die Leute von dort sind Fremde im Land
man geht ihnen hier nur ungern zur Hand
sie kochen zu scharf und stellen sich stumm
es dreht sich nach uns ja auch keiner um

das eigene Wort hat keiner verlernt
so weit von zuhaus ist zu weit entfernt
bei uns ist es kalt, oft lang und zu bald
sie scheinen gehemmt und bleiben uns fremd

wir sagen, die sind halt anders als wir
die Sitten von dort, die wolln wir nicht hier
aus altem Geschlecht ihr Brauch und ihr Recht
das passt uns nicht her, wir sind selber wer

wir Leute von hier ziehn gerne fernhin
zu Himmeln tiefblau und leichterem Sinn
das Fremde am Meer. das lieben wir sehr
und atmen den Duft von seidener Luft

wie schön ist die Sprache
der leichtere Gang
und nachts der Gesang
weit von zuhaus
so hält man das aus

wie schön sind die Tänze
nach uraltem Brauch
den leichteren Gang
den üben wir auch

die Leute von dort verwöhnen uns gern
wir fühln uns als Gast
und 'n bisschen als Herrn

Zuhörn zu spürn und das Wort zu führn
es zu finden im einzigen Augenblick
da ist das Leben am Größten

Wir geben nicht auf
unter der Linden wo wir uns finden
schreiten Seit an Seit

Ich möcht am liebsten sterben
da wär es endlich still

Wer jetzt kein Haus hat ...
auch du kehrst niemals wieder
nein! niemals

Allein läuft es sich schwer
aber aufgeben – nimmermehr!

Manchmal weiß ich nicht weiter
lasse die Zeitung sinken
das Ausmaß der Nachrichten drängt mich
Gründe zu suchen
auf die menschliche Schwäche zu fluchen
oder die Anzahl gelebter Jahre
über die ich aus der Seele grad wenig erfahre

Ich suche deine Augen
deine wunderbaren, ruhenden
mich erfühlenden Augen
ich rede mit dir
da kehrt ein Schimmer in sie zurück

Auflehnung haben wir geliebt, immer
wohin damit, jetzt
Unrecht hat sich festgesetzt
wen haben wir noch neben uns
wem reicht die Kraft noch über'n Tag hinaus

Der Kopf rennt los
ruft Potemkin oder Winterpalais
sprengt das sinnlose Widerkäuen
von war einmal und tut noch weh
das hilft auch nicht groß

Das Herz will trösten, sagt
alles verloren, war Weltpolitik
aber der Zweifel
der lange verdrängte, der bleibt
wir haben vorerst vertagt

Die verlorene Heimat trag ich in mir
aber wenn ich sage, dass ich sie liebe
gefährde ich unser täglich Brot
geht doch nicht anders
ohne Bündnis gerät die Seele in Not
sieh mich an, so gut du kannst
tu, als ob du gleich mit mir tanzt

Meinst du, die Russen wollen Krieg?
Ich frage dich, für welchen Sieg?
Den russischen Soldaten frag
er liegt dort, wo er sterbend lag.
Die Russen brauchen keinen Sieg.
Meinst du, die Russen wollen Krieg?

Ich seh, wenn ich nach Moskau flieg
die vielen alten Frau'n allein
die wollten Weib und Mütter sein.
Ich denk an Mädchen als Soldat
und nie vergess ich Leningrad.
Die Russen brauchen keinen Sieg.
Meinst du die Russen wollen Krieg?

Frag, wann der Rauch da tödlich stieg
Millionen Hektar abgebrannt
den Galgen sieh, wo Soja stand.
Ich kenn den Weg zum Ladoga
für Kinder steht ein Denkmal da.
Die Russen weinten nach dem Sieg.
Meinst du, die Russen wollen Krieg?

Die Russen haben doch Verstand
und haben einen Krieg gehabt
viel tiefer, als ihr jemals grabt.
In Stalingrad fiel jede Wand.
Für wen schrieb Tanjas Kinderhand?
Für Waffen gibts heut keinen Sieg.
Meinst du, die Russen wollen Krieg?

(nach Jewtuschenko, 1975)

Ein Fuß von mir
mit der Sohle überm Abgrund
der andere hebt sich
als dürfe er gleich tanzen
mit einem
dessen Name mir war wie meiner
ich erschauere noch immer
nennt ihn wer
oder ich höre sein Lied

Der mir dann nahe war
entfremdet mir seinen Leib
wie seinen arm gewordenen Geist
er zieht sich aus unserem Leben
soll ich dem einen Fuß nach
oder dem andern
soll ich stillhalten
oder reiße ich dich an mich
bis wir stürzen mitten im Lied

Er entfernt sich
ohne Worte verlangt er
ihm die Angst zu nehmen
er braucht von mir Hoffnung
wir könnten leben
hätten Pläne wie früher
Gespräche bis in die Nacht
und Zeit vor uns, Lebenszeit

Die Toten sind nicht niemals gefallen
der Junge nicht unterm Birkenkreuz
soweit von zuhause
für wen, warum, er wusste noch nicht mal
wer er eigentlich ist

Teddy und Karl hatten keine »neue Lebenszeit«
nur weil wir beim Singen so tun
»reichen wir die Hand« – wohin denn
zu unserm Trost, oder dem der Nation

Rosas Gebrechlichkeit, scheinbar des Weibes
war nur die ihres Leibes
wer war Ethel Rosenberg
hat sie ihr Vaterland verraten
oder tat sie ihr Teil an der Rettung der Welt
ging sie wie Ruth aus der Bibel
fraglos ihrem Mann nach
wann wird ihr Gerechtigkeit
wer hebt das Todesurteil auf

Die Akten werden nicht kalt
Anne Frank wird niemals alt
nur Unrecht scheint auf ewig zu ruhn
fernfern und im Buchenwald

Abu Jamal schreibt, um zu leben
Er ist uns Presente
In den lateinamerikanischen Ländern
sammeln sich
nach dem Kampf die Lebenden
Einer ruft die Namen aller Companeros auf
wo sie schweigen müßten, sagt ein andrer
»Presente, ist hier«

Ich bin Name, Beruf, Personenkennzahl
Passantin, Überlebende, Teilnehmerin
einzigartig bin ich, und Teil der Menge
denn ich tauche auf überall
Auch in Vietnam, wo ich nie gewesen bin
kenne die Straße Nummer Eins, Wasserbüffel
Lehmhütten, Herbizide und das Fahrrad
an dem ich teilhabe. gering genug

Auch mein Einwand hat die Bomben
auf Deiche verhindert
ich habe um Bischof Romero geweint und wusste
der seinen Platz einnimmt, wird ebenso sterben

Ich bin Presente bei den Priestern in El Salvador
sie beten und sind Teil der Ärmsten
In die Hände unserer Ärzte das verstümmelte
Gesicht des Jungen aus Nicaragua
Mit unseren Papierrosen waren wir
bei Angela in der Zelle
danach bekam sie besseres Essen

Wir hatten teil an Schulen
Krankenhäusern
Wasser für ein Dorf
ich war auch in der Stunde der
waghalsigsten roten Nelken
auf dem letzten Weg von Neruda

Wir sind Presente, noch immer
Gerechtigkeit endlich
auch für Abu Jamal!

Abseits der Straße
lagst du neben mir im Gras
zu jung für mich und so verführerisch
hast was erzählt, einen Grashalm gekaut
und mit beschatteten Augen
hoch in den Himmel geschaut

Du hast sie mir anvertraut
all deine Geschichten
als wolltest nicht eigentlich
über deine Sehnsucht berichten
damals nach mir, nach Herz und Haut

Abseits der Straße
zogen wir unsere Schuhe aus
verschämt, aber doch
als wollten wir nie wieder nachhaus
du zu deinen Alten, ich zu meinem Mann
zu jung für mich
wie weh das tun kann

Am Ende der Welt
stand das eine und das andere Haus
sonst gabs nur uns
und wir rissen uns raus
weil doch, sagt man, sowas, sagt man
nie für immer hält
es hatte mit passenden Gestalten
ja auch nicht für immer gehalten

Abseits der Straße
pflückte ich noch ein paar Pflanzen
wir gingen nicht ins Bett
gingen nicht tanzen
rissen uns los, um zu vergessen
war unvergesslich, aber das
konnten wir damals noch nicht ermessen

Abseits der Straße
und das war ungeheuer
zertraten wir mit nackten Füßen
das wunderbare Feuer

Ihr lasst die anderen sterben
wahnhafte Krieger
von euch ist nur Unheil zu erben
ewig verhinderte Sieger

Hört auf eure altgewordnen Lieder
der Tod ist ganz Ohr
er lässt euch nicht außen vor
Fürchtet die Fotos
auf denen ihr Freudentränen zeigt
sie werden von euch künden
wenn ihr schon leugnet und schweigt

Was für ein Leben
Soldatinnen mischen sich drein
gemeinsame Schande wirds geben
und die Rache wird ewig sein

Von alters her
Blut färbt das Meer
kein Frieden, der lange hält
gebt sie her
es ist unsere Welt

Mein Leben
das hab ich geprägt
und das, was meinen Namen trägt
hab manches auch vergeudet und vertan

Wenn Nachtgedanken andres sahn
am Morgen warn sie ausgeblasst
im hellen Licht verschwindet Träumelast
verschworne und verschlafne Nacht
auch, dass ich manchmal mutig war
und hab aus Chancen was gemacht

Ich habs gelebt
was man ein ganzes Leben nennt
auch wenn sich mancher Traum verliert
und mal der ganze Schnee verbrennt

Was ich verlor, es hätte auch gelohnt
denk ich zurück, heut wüsst' ich mehr vom Weg
doch könnte sein, vertan heißt auch verschont
wär falsch, wenn ich aufs alte Herz
mir heiße Steine leg

Ich kann mich nicht verwöhnen
mein Leben war so nicht
doch halt ich nicht Gericht
wird Zeit, sich zu versöhnen

Ich werde dich aufnehmen
aber nicht wie Mutter Erde
erlasse dir den Odysseus
der abgeschlafft heimkehrt
die Ausgetrocknete
mit Blut entsiegelt

Du kannst nichts für Siegfried
der Brunhilde reinlegt
und ihr den Feigling unterschiebt
für seine Macht
Wir beide sind nur noch
die wir sind

Unsere Sache ist, leben
und überleben lassen
hörn wir auf, uns zu schaden
durch geübte Zwietracht
unsere Vergangenheiten
nehmen sich nichts

Ich bin dir entgegen gegangen
über mein Wesen hinaus
das man mir eingeredet hat
wir hatten das satt
der Kampf um die Erstgeburt
findet nicht mehr statt

Komm, tauschen wir
unseren Stern
Stern reimt sich auf fern

du hast von deinen Himmeln gelernt
meiner war oft grell besternt
wählen wir einen von beiden
gegen Lebendiges ein
lass uns offen sein

atmen wir wie andere Leute auch
ersten Frühlingswind
und herbstlich bittren Rauch

wir sind nicht durch Nähe getrennt
das scheint dir nur so
oder du willst es so sehn
spür, was uns bleibt
oder halt verbrennt
mag sein, dass man alles schon kennt
hol Luft, schmeck den würzigen Rauch
lass uns lieben und leben
wie andere Leute auch

In jedem Juni
geh ich jenen Wegen nach
auf denen ich dir damals
mich und dich versprach
ich hab die Sterne
hab den Mond
und habe mich an dich verschenkt
es kommt dann anders, als man denkt

Ich kriegte mich zurück von dir
ein falsch dressiertes dummes Tier
das schnuppernd erst das Weite sucht
und dich als Irgendwen verbucht

Den Unsinn, den ich sprach
trug ich dir lange nach
es gibt die Dankesschuld
für lange Zeit Geduld
in der ich viel verschwiegen hab

Wie früh ich mich verloren gab
was Sehnsucht war, fiel wie ins Grab
du sagtest, Liebe nimmt in Kauf
noch kaum gesagt, gabst du mich auf

An der Klagemauer der Verlierer
werdet ihr mich nicht sehn, ich
schüttle ab, womit ich überschüttet werde

Am Fuß meiner Leiter denk ich: »Noch mal?«
Ja, nun mit weiterem Blick,
freundlich zurück und sehr wachsam nach vorn.

Gesegnet sei alles,
was verteidigt werden muss: der Baum,
dein und mein Leben.
Einen kleinen Traum voraus
gönne ich mir wieder und lache
lache – auch über mich

So lange her
halb verhungert
Krätze an den Händen
in meines Vaters Schuhen schlappend
war ich nicht so verwahrlost
wie jetzt
vor diesen verlogenen Mündern
diesen grinsenden Verkündern
denen ich Aug' und Ohr überlasse
wenn ich zu erschöpft bin
und gestatte faul denen im Fernsehn ihr Maul

Neulich war ich fertig, wie ausgebrannt
bin wieder da, bin übermannt
Dunkel
Stille
Atmen aus und ein
wenn das zu viel Kraft braucht
kriegen sie uns klein

Er sah sich deinen Himmel an
in jener blauen Nacht
du warst ihm wohl zu aufgeregt
er hat das weggelacht

zu gleich, zu sehr Freund oder Feind
so war das nicht gemeint
da wird kein Frühling draus
er verließ dein Haus

er sah, du hattest ausgefegt
ein schwacher Wein stand kühl
warn Tücher frisch ins Bad gelegt
perfekt, doch kaum Gefühl

das war nicht dein Tag
war nicht seine Nacht
was an beiden lag
die Flamme zu früh angefacht

er wusste nicht, was man dann sagt
oder wie man einfach geht
du denkst, er hat euch nur vertagt
es wär noch nicht zu spät

nicht gut, so abzuwehrn
mehr musste er nicht tun
zu schnell in seinen Schuhn
er wird Ihr wiederkehrn

Ich wollte nicht essen
ohne dich
in so einer großen Stadt
zwei leere Teller
für dich der und
einer vor mir
du hast nach Bulette geduftet
weil dein Chef
euch erklärt hat
dass Marx recht hatte
mit seinen Nebensätzen zur Familie
ich sage, besonders zu Lenchen Demuth
du hast müde abgewinkt
weil ich im Gemeinplatz wühlte
und dein Gesicht war grau
von erwiesener Courage vor Ort
ich habe mich sehr geschämt
ach, wenn du nicht so lang wärst
passten wir zusammen in die Wanne
aber doch nicht in der Platte
seit vierzig Jahren nicht
trotzdem geliebtes Haus
ich drück mich beiseite
und denk mir, halt die Klappe
nimms heute mal auf die eigene Kappe
erklärs nicht die Länge und Breite
das hält ja sonst keiner aus

Nähe braucht spürbare Annäherung
mehr bist du mir nicht schuldig
oft kommst du von wo her
nach welcher Rose oder Distel
duftest du
ich schenke dir die Zärtlichkeit
des abgewandten Blickes
spüre, schnüffle, rätsle dir nicht nach

wir wissen um jene Gabelung
an die alles Leben gelangt
in das Dunkel für immer

bis dahin Verbundenheit
die gefüttert werden will
bevor der dünne Mantel Einsamkeit
zu einem Ausweg drängt

zur Tür, vor der das Schild Niewieder hängt

Ich hätt gern noch eine Herrlichkeit
eine Überwältigung
einen Taumel
wie in jenen frühen Tagen
als wir scheinbar sorglos
beieinander lagen

Noch eine strahlend sinkende Sonne
noch eine leuchtende Erklärung
wie alles kam und wie solls weitergehn
Jesus und Karl
die Sache mit dem Mehrwert stimmt
das Herz, dieser rasende Beschleuniger
hat sich den Versuch erzwungen

Zu früh, ach zu früh
zu viel auf einmal und gleich für alle
es muss aber sein: wie die Liebe
einzigartig, dringend, unverlierbar
mehr als nur ein Gefühl
dieser Kosmos muss stimmen
wahr sein bis ins Mark
sonst sind wir zu kühl
und alles gegen uns wird viel zu stark

Ich habe dich erwartet
nicht wie die rollige Katze
auch nicht wie der Berg
der von wärmender Sonne nichts weiß
aber von ihr lebt
er hat ja kein Herz für Erfahrung

ich aber kann sagen
wie die Last des Kalten
sich löst, wie es erlösend strömt
obwohl es First bleibt

ach, dein Gesicht über dem meinen
abschiedsnah und ganz
als hätt eben erst begonnen
was du übernehmen willst

So dringst du ein in mich
um alles zu erfahren
über jene Zeit
in der wir lebten, ohne uns kennen
was wir erwarben, haben wir
gesammelt in einander fremden Jahren

ich war nie wie eine rollige Katze
vielleicht ist das zu bedauern
erzähl, wie war das mit der Revolution
alles andere kenne und weiß ich schon

Ihr Vater hat eine Kindheit gehabt
um die sich niemand reißt
die Liebe, die er vier Kindern gab
da wusste er nicht mal, wie die heißt

Zu danken ist ihm für den Baum
durch den Schnee gezogen
im heimlichen Dunkel der Nacht
aus fast nix hat er Geschenke gemacht
der kleine schmächtige Mann
kam weiter oben nie ran
hat gespart und geschuftet
und höchstens nach Schweiß geduftet

Dann hatte er auf einmal Zeit für sich
da stand er oft rum
fragte man ihn, war er ärgerlich
ihr seid viel zu dumm
kommt auf eure Mutter raus
von mir könnt ihr nicht sein
ich brauche nichts, lasst mich in Ruhe
der Schuster besohlt mir die Schuhe

Die Tochter ist heller, lustiger
hat leichteren Sinn
aber am Grab von ihrem Vater
kniete sie sich hin

Ihr Vater war niemandes Herr
hat aber mit seinem Gezerr
der Mutter immer die Flügel gestutzt
hat sie und sonst niemanden benutzt
kaum was vom Leben gekriegt
und nie das Zänkische besiegt

Als er starb, warn sie alle dabei
so, wie sich's gehört
es starb ganz leise, dass er niemanden stört
die Tochter hat er Püppi genannt
sie sagt, niemand hat sie so gut gekannt

Ich zeigte mich dir her
auch welk gelebtes
sonst geschickt verborgen
in manchem war ich zu schwach
besser für mich zu sorgen
immer die andern, so ungefähr

Alte Fotos, trockne Rosenblätter
unehrlich preise ich Sonne und Wetter
du schaust nicht unter mein Kissen
du willst es gar nicht wissen

Ändern, oder alles so lassen
lüg nicht, man hat immer die Wahl
du tust dir zu leid
und hörst nicht auf, dich zu hassen

Ich will nie wieder
das reicht
ich muss nicht sagen
wen ich mit mir verschone
was ich verhindere
oder wie ich mich künftig belohne

Ich will nie wieder
lasse Bilder steigen
solche, die mich unterworfen zeigen
wem? Ich kniete vor Ängsten nieder
die sich lösten oder noch immer geigen

Die Narben sind von Erlebtem her
Ich will nie wieder- niemals mehr
verlockend ist ganz alte Schäbigkeit
die lauernd mich umkreist die halbe Zeit
die Seele ist von falschem Ichbild leer
Nie wieder, wirklich! Niemals mehr!

Ich bin es leid
von Zukünften zu träumen
an die auch ich nicht glaub
ich, immer noch verschwärmte Seele

der Alltag geht uns an die Kehle
kann auch die reife Sehnsucht räumen
welch leiser endgültiger Raub
noch wehren sich Verstand und Seele

mit langem Atem werden
die Jüngeren auf mehr bestehn
wird aber dauern
um jene ferne, nur geträumte Zukunft
darf ich trauern

All ihre Leben
hat sie gelebt
und keins hat sich ganz aufgelöst
sie hat gelernt, wie man sich neu erhebt
nach mancherlei Fall
sie weiß, wie das schmerzt, wie es stößt

Geliebt hat sie immer, in allen
zum Trotz auch der kältesten Welt
das Glück hob sie und ließ sie fallen
ihr blieb, was am Leben erhält

All ihre Leben
hat sie gehabt
und schien es, eins mache sie stumm
dann kam sie daher, abgeschabt
keins ihrer Leben brachte sie um

All ihre Leben
hat sie gelebt
und hielt sich dabei frei von Hass
nach oben hat sie kaum gestrebt
hielt jedweden Becher
wie kostbares Glas

Gehofft hat sie immer, und wieder
das bleibt so, ihr Baum wird nicht kahl
wir sind drunter redend gegangen
nun enger, der Weg wird ja schmal

Ich glaube, Engel leuchten
falls es Engel gibt
aber sogar Mark Twain
der olle Bukowski
und Cohen sind in sie verliebt

Engel leuchten,
sind belebt, aufgeregt, glühen
ich kenn das, war auch schon Engel
habe geleuchtet auf einmal
sah fremde Flügel erblühen

dich hab ich damals
wundersam leuchtend gesehn
da hast du geliebt
mein Engel, wenn einer das sagt
glaubt er doch, dass es sie gibt

aber schon komisch
zu denken, son altes Schandmaul
geht die Straße lang und leuchtet
Bukowski, mein Engel

Es sind unsre eignen Gedanken gewesen
die konnten wir oft nicht lesen
sobald wir uns das gestehn
werden wir genesen

Langsam, das geht nicht auf einen Schlag
aber lassen wir es beginnen
im Herzen gibt es ein einsundeins
darauf könnten wir uns besinnen
es ändert den kreuzlahmen Tag

Ich kann's versuchen, dein Innres zu kennen
und dafür den Schlüssel zu finden
da müsste ich Dinge beim Namen nennen
das würdest du schwer verwinden

So leben wir nahe und bleiben uns fern
kann sein, uns wird alles misslingen
gedeiht, reich an Süße und bleibt ohne Kern
es schweigt und fängt nicht an zu singen

Wie wir damals warn
wie wir heute sind
so weit wir auch gingen
nur zerrissne Welt
ein geflicktes Zelt
nirgendwo ein Feld aus Gold

unser kaltes Herz
liebte ungenau
mit Trauern und Erschauern
was uns aufrecht hält
war so heiß gewollt
dieser Traum vom Feld aus Gold

und wir legten los
unter Himmeln groß
so schön und so gefährdet
manchmal hell und bloß
wie ein warmer Schoß
oder wie ein Feld aus Gold

nachts am Himmel leuchten
fremde Zeichen
manchmal wie ein bunter Ball, der rollt
fernes Ziel und niemals zu erreichen
Sehnsucht sucht ihr Feld aus Gold

lass uns anders sein
nie mehr Herz aus Stein
keine Kriege, keine Feinde
trink den roten Wein
wandeln wir die Welt
in ein weites goldnes Feld

wie wir damals warn
wie wir heute sind
wohin wir auch gehen
was ich je gewollt
war der blaue Ball
als unser Feld aus Gold

Du warst ein Kind
mehr konnte ich nicht lieben
besonnener nun möcht ich gehn
überwachsne oder zertretne Wege
sachtere Schritte
bleib einfach neben mir stehn

Du darfst wieder alles auf mich schieben
worauf ich noch Steinchen der Einsicht lege
hier, eine von deinen geliebten Pflanzen
die sind rege
tu sie später auf die Erde
unter dem Stein
dann darfst du mir noch einmal
auf dem Kopf rumtanzen
aber nichts, nichts wird wie früher sein
deine und meine Reue
ergeben keine Treue

Der Mond zieht an den Wassern
zu Ebbe oder Flut
die Liebe zog am Herzen
wie sie es immer tut

O hätte ich so viel Macht
wie der scheinbar stille Mond
es wäre zustande gebracht
was sich für beide lohnt

Ich brauche etwas andres
hast du gesagt, nur was
das hab ich nicht erfahren
und drüber wächst das Gras

Es steht in alten Liedern
und hat mit uns zu tun
du kehrst mir immer wieder
mit Staub auf deinen Schuhn

Das macht, du bist gegangen
ich wusste nicht, wohin
wie schön war dein Verlangen
nach dort, wo ich nicht bin

Ich hab nicht solche Nächte
wie dieser stille Mond
die Liebe zieht am Herzen
auch dann, wenn sie nicht lohnt

Wenn mir so ein Glück gegeben wär
wie es anderen gelingt
hoch auf Fels gebaut von altersher
ich wär nicht ich
und du
wärst keiner mehr, der singt

wenn die Liebe mir begegnet wär
als Ereignis, das verdingt
so unendlich, einzig Wiederkehr
ich wär nicht ich
und du
wärst keiner mehr, der singt

wenn mir Unheil widerfahren wär
solches, das zum Knien zwingt
größter Schmerz und all dies Ungefähr
ich wär nicht ich
und du
wärst keiner mehr, der singt

wenn mir zuviel Glück erwachsen wär
das nicht mehr ins Tiefe dringt
wär von Leichtigkeit die Seele schwer
ich wär nicht ich
und du
wärst keiner mehr, der singt

ich bekam von jeder Art mein Teil
nahm es oder trug daran
meine Lieder machten manches heil
freilich nur das, was irgend heilen kann

wenn die Welt um uns ganz anders wär
jeder Tag uns Frieden bringt
gings im Leben nur noch schön daher
ich wär nicht ich,
und du
wärst keiner mehr, der singt

so wie jeder leb ich manchen Tag
wo die Lust mit Trauer ringt
wenn ich mich dann nicht an Neues wag
bleib ich nicht ich
und du
wärst keiner mehr, der singt

Manchmal hab ich Schmerzen
das glaubst du nicht
Gemeinheit trifft mich
Hinterhältigkeit
das Alter, auch die Zeiten
belasten meine Sicht
ich renne nicht mehr los
und springe weit

und ändert das allmählich mein Gesicht
unterschätz mich nicht

Manchmal bin ich zornig
das glaubst du nicht
die Arroganz der Macht
hat überlebt
und wenn ich unterliege
dem Riesen oder Wicht
ich schlag ins dünne Garn
das der da webt

und bringt mir das auch Narben und Verzicht
unterschätz mich nicht

Manchmal bin ich glücklich
das glaubst du nicht
such neue Freunde
und Zusammenhalt
wir tun was und wir schwärmen
da brennt ein schönes Licht
die Angst macht einsam
macht uns alt und kalt

und kriegt das auch am Ende sein Gewicht
unterschätz mich nicht

Dort wo mein Herz war
begegnest du mir
herzlos
ich werfe den ersten Stein
Verzicht
du merkst es nicht
ich schwimme davon
wühle mich in eine kalte Welle
dort wo mein Herz war
atmet eine leere Stelle

Dieser eine Augenblick
ist mein
nie könnte etwas danach
größer sein

ich atme
kann denken
darf mich verschwenden
muss nichts beenden

dieser eine Augenblick
ist dein
mehr wird dich niemand lieben
dir mehr verbunden sein

ich fühle
darf hoffen
bin, die nicht aufgibt
neu für dich offen

dieser eine Augenblick
war dein
mehr können wir uns nicht sein
nie und nein

Du bist so schwer
für immer gegangen
in deiner freundlichen Seele
war kein Heimverlangen
du hast so gern gelebt
zuhause, auf dieser Erde
immer mit der heimlichen Hoffnung
dass sie für dich noch einmal bebt

Wir hatten füreinander
immer zu wenig Zeit
Gedanke, der mich nicht verlässt
es tut mir leid
aber uns bleibt
die Erinnerung an dein warmes Nest

Darüber hinaus halte ein jeder
das seine von dir fest

Hoch hinauf
weiter, glanzvoller, breiter
ganz hoch hinauf
Ach, da war ich schon
ich kenne den gehobenen Ton
alles klingt erträglich, beinahe heiter

Oben wars schön, nur die Luft
ziemlich kühl
ein Duft von Vergänglichkeit
und kein Zuhausegefühl

Muss ja nichts bedeuten
ich sehe, es gefällt
dem und jenem, anderen Leuten
sie bewegen sich in ihrer Welt

Sind anders, sehr anders
zuverlässig versorgt
der Ton nur
der Ton war geborgt

Sie boten mir einen köstlichen Drink
sogar diesen und jenen brauchbaren Wink
ich hörte mich reden, angepasst schon
meine kommenden Jahre
schienen mir zu drohn

Ich ging nachhause, an meine Lieder
sich umdrehn war auf einmal ganz leicht
nein, ich komme nicht wieder
ihr könnt mich vergessen
mich loben, mir drohn
bei euch hoch oben, da war ich schon

Du singst so in diesem Augenblick
dass mir wiedergekehrt sind
alle begrabenen Träume
auch ungeweinte Tränen machen blind

Nachher, vorm Gehn
sing uns noch vom Fischlein unterm Eis
wir werden sein, als würden wir verstehn
und geben dir unser Herz als Preis
das Lied sagt nämlich »ich weiß, ich weiß«

Wir wohnen im wärmenden Haus
das Fischlein und sein Dichter
gerieten unters Eis
und keiner holte sie raus
das Lied ändert unsre Gesichter
für Momente
doch das macht schon was aus

Wie durch Zauberei
hat es zu regnen aufgehört
und die Laternen
gingen im blauen Licht an

Wie durch Zauberei
war ich berührt und angeregt
ich konnte lächeln
und habe mich leicht bewegt

Wie durch Zauberei
war ich von früher Trauer frei
hatte Musik im Ohr
und lauter neue Dinge vor

Und lebte wieder
lebte wieder, lebte
und wie der Dichter schreibt
die Erde bebte

Die Eisblumen erblühen
von unsrer Beredsamkeit
es wird wie draußen so kalt
das Endgültige kommt bald, so bald
mein bisschen Liebe schreit
rüstet ab, und zwingt mich
dass ich die Hände falt

Jetzt drängelt Abschied
von alter Gewohnheit und Fron
ein einziges altes Lied
zu Ende hörn, den Anfang beschwörn
hört auf, ich komm ja schon

So nah vorm Ende
will alles getröstet sein
wenn ich dich mit Tränen blende
die Tür auf einmal nicht fände
dann lass mich erst recht allein

Du hast mich nie verlassen
keine Nacht und um keine Macht
da du dich nun entfernst
wirst du schwer wie ein Stein

Deine Blicke versagen
ohne Mimik ist dein Gesicht
das ich kenne mit jeder Schattierung
wortlos verlangst du von mir
dir die Angst zu nehmen

Du siehst mich
wie ich gewesen bin
bedenke, will ich sagen
und widerstehe
der Versuchung
tue, als hätte ich Absicht
wir könnten streiten
hätten Pläne und Zeit
das rar gewordene Gut
halt mich, dass ich dich halten kann
jeder Morgen fängt mit Hoffnung an

Tagsüber kaum gelacht
das gibt keine gute Nacht
Zoten gehört
von einem Blödmann
beim Denken gestört
keins der Telefone war heute defekt
hab ich auch noch weggesteckt

du bist dran
mit deiner Kraft
sei mir nur eine Weile
ein sanfter Mann

nein, keine Nachtigall
wo nähmest du die her
du kannst nichts dafür
schließ deine Tür

Was immer dir an mir nicht passt
ist mir selber auch verhasst

du bist dran
mit deiner Kraft
sei zu mir ohne Eile
nur eine Weile
ein sanfter Mann

Für Laura

Bei deiner Geburt
hab ich dir mein Leben versprochen
vor Müdigkeit bin ich manchmal
auf Knien gekrochen
aber die Steine auf deinem Weg
haben wir aufgehoben und zerbrochen

Nicht immer, nicht immer, ich weiß
manche hatten einen zu hohen Preis
aber nun geh, geh deinen Weg
und lass es zu
dass ich dich manchmal zur Seite leg
und etwas für mich selber tu

Als ich zum Fluss ging
um Gold zu waschen
konnt ich vor Hunger kaum stehn
hatte nichts in den Taschen
so soll man nicht Gold waschen gehn

Als ich allein war
verletzt noch von vorher
konnt' ich die Wahrheit nicht sehn
Glück schien mir alter Schwindel
so soll man es nicht suchen gehn

Dann brannte ich wieder mal aus
konnt in den Spiegeln nichts sehn
Angst riß die Herzflamme raus
mir blieb nur noch, stumm loszugehn

Mit den anderen tanzen vor Ort
mit den anderen wechseln das Wort
und Tandaradei war beinah dabei
die Brust wurde da noch nicht frei

Beim Tanz trat ich auf fremde Zeh'n
hab lachende Augen gesehn
das wars, reichte, sich umzudreh'n
in meinem Alter, ach, und so schön

Morgens streck ich die Hand aus
und taste nach dir
du bist warm wie ein schönes pelziges Tier
wie gut das tut
es geht dir gut

es ist die Liebe noch
doch im Kopf, da findet manchmal
wenig statt
und dann ist der innre Bildschirm
schwarz und leer
und ich wart auf gar nichts mehr

doch dann streck ich die Hand aus
auf der Suche nach dir
und wär gern dieses zärtliche Tier
das rückt die Nacht oft nicht mehr raus

es ist die Liebe noch
dieser einzigartige Zusammenhalt
oft zu träge, nur mit schlummerndem Begehr
manchmal spür ich sie kaum mehr
da reicht nichts mehr hin, nichts her

manchmal brennt der Tag uns aus
komm und sag was, reiß uns raus

Dich hab ich geliebt
da hab ich noch mit Oma
das alte Bett geteilt
aber wenn sie schlief
lag ich wie eingekeilt

Da hat die Angst mich angeseilt
wo warst du da
ach, hättest du mich aufgezogen
leichtflüglig wär ich
durch die Kindheit geflogen

Wär deine Hand schon dort gewesen
ich wär von Masern und Herzeleid
leichter genesen
als mir ein Scheusal an die Brüste griff
wo warst du da

Und als ich lieben wollte
und sorgen für irgendwen
wo warst denn du
bis heute, zu wenig
was ich für mich selber tu

Ich drehe mich sehr langsam um
das Alter will den Abschied stumm
karg an Gesten, kein Geschrei

ich geh an ihm vorbei
Geliebter einst und nun ein Greis
der mich nicht sieht
nichts von mir weiß

du lächelst mich nicht an
du nicht
du hast schon früher nichts erklärt
im Alter zählt, was ewig währt

ich nehme Abschied all die Zeit
mit Wehtun, Lachen
gehüteten Spuren von Leid

Boden und Keller sind fast ausgeräumt
Abschied nehmen heißt Ausgeträumt

Vorher hast du noch
ganz normal mit mir gesprochen
und dann hast du mir das Herz gebrochen

Das Gras im Garten hat sich geduckt
der Vogel im Käfig ist zurückgezuckt
alles war, wie es immer war
sogar Glut in unserm Herd
unser Haus dasselbe wert

Es hat nach Äpfeln und Birnen gerochen
und du hast mir das Herz gebrochen

Es war nicht tödlich
schlug weiter, danach
ein ganz gewöhnlicher Tag
an dem nicht mal Bügelwäsche
oder ne alte Zeitung 'rumlag

Wir haben über Nachbars Hund gesprochen
und dann hast du mir das Herz gebrochen

Du hast langsam einen Keks genascht
und dann hast du mich überrascht
du hast etwas ausgesprochen
und mir das Herz gebrochen

Eines Tages trete ich morgens
auf kühles Gras vor meiner Tür
so werde ich mich belohnen
denn so werde ich dann wohnen
raus aus den Schuh'n
und einmal gar nichts tun

nur so bleiben, ach Verweilen
und jeder Ruf bleibt ungehört
nirgendhin werd ich eilen
den Kanten Brot nicht teilen
alles für mich
ich brauche nicht mal dich

ich werde mein Buch weiter lesen
nehme das Lesezeichen raus
die Nummer darauf bist du gewesen
aber du machtest das Licht aus
schnürtest die Schuh
ich sah dir wortlos zu

ich weiß nicht, warum ich
so dumme Träume hab
gekriegt hab ich am Ende mehr
als ich jemals gab

Geselle min auf schmalem Steg
Bruder Angst in bedrohlicher Bucht
benachbartes Herz für den ganzen Weg
besonnen vor offener Schlucht

Wir wollen die Stirn zueinander neigen
uns Ängste zeigen
und manche verschweigen

So großen Gang dieser Welt
haben wir uns nicht bestellt
da braucht es Ernst, den zu ertragen
zerreißen wir uns wenigstens den Kragen

Geben wir einander
wovon die Alten sungen
dass wir am Ende sagen
wenigstens sind wir
einander gelungen

Früher, bei uns zuhause
sind wir immer zueinander geeilt
haben Entrüstung und Freude geteilt

Irgendwo hats vielleicht grade
auf der Seele gebrannt
oder wenn was zu feiern war
bei der Hand haben wir uns
und in den Arm genommen
so verging uns leichter das Jahr

Stumpfer wurden da die fremden Messer
ging ja nicht immer hoch her
aber wie nach ein paar Atemzügen am Meer
ging es uns zusammen besser
wir wurden wieder kesser

Stärkten die Gewissheit, wer wir sind
zusammen kamen wir leicht durch den Wind
wir liebten sie wieder, die alten Lieder
die von ach Morgen und die vom Niewieder

Das Gegenteil von allein
heißt willkommen heißen
und zusammen sein

Sie hat sich das Haar gewaschen
da kam er stinkend herein
besoffen, im Arm zwei Flaschen
er sagte, bedient will er sein

Sie hat sich den Mut genommen
und wehrte ihn schweigend ab
zwei Hände hat sie bekommen
von denen sie Spuren hat

Es ist kein Geheimnis
für die Kumpels und für seinen Chef
für die halbe Stadt
für seine Mutter und
das Kind und den Hund
ist der Mann blau
schlägt er seine Frau

Sie kam von der Schicht nachhause
da lag er kotzend herum
sie hat ihn hochgenommen
und wusch ihn, heulend und stumm

Er braucht sie und will sie nicht schlagen
und leugnet, dass er trinkt
sie muss man nicht fragen
was Liebe zum Gegenteil bringt

Mein seltsames Leben
voll Träumen, die schliefen
mit Stimmen, die riefen
ein seltsames Leben
und immer noch
ganz und gar mein

Mein seltsames Leben
schlägt lang seine Bahnen
zu fernfernen Ahnen
und weithin voraus
lässt immer noch ahnen
die Kindheit war
kein ewiges Haus

Mein seltsames Leben
weit fort von der Wiege
gab Trauer und Siege
das kennt jedermann
ich nahm und gab
und halt, was ich hab

Mein seltsames Leben
verwundet, genesen
es ist mein gewesen
mit Dämmern und Schein
und da du mein Herz nahmst
wie niemand mir nah kamst
so schließ ich dich
in Tag und Nacht ein

Mein seltsames Leben
ich hab es erfahren
es reift mit den Jahren
und trug mich hierher

mir bleibt mein Lied
oft brauch ich kaum mehr

Zu viel angeschwemmt
da brechen die Dämme
Wurzeln und Stämme
lange gewussten
herzrund und wild
trübt sich das Bild

Bilder, die grauen
allzu genauen
kommen uns näher
Traum, scharfer Späher
hol mich doch weg
gib mir ein Versteck

Die Wörter sind alle Verräter
wer weiß, und nicht tut, bleibt ein Täter
kein Hüter im Haus
drin Schnee, treibt hinaus

Fließen die Tränen
Hufe und Mähnen
Blut in den Schuhen
lässt mich nicht ruhen

Tanz doch und schrei
Hilfe herbei
wann warn wir Zwei
vorbei, ach, vorbei

Die trennenden Wasser
werden breiter
was nützt, dass ich sinkende Balken leg
wenn du mir Zeichen gibst
dass du nichts ändern kannst
Ablehnendes nicht überbrücken
es gibt keinen anderen Weg
keinen ohne Tücken
wir werden einen finden müssen
statt uns halbherzig zu küssen

Getrennt sind wir leichter zu kriegen
doch ich lasse dich nicht zufrieden
ich gehe dir nach
umstelle dich mit meinem Hoffen
nur so bleibt alles offen
ich spür das, wenn ich mich
unruhig zur Ruhe leg
es gibt keinen anderen Weg
ich muss uns bewegen
du kommst mir nicht mehr entgegen

Wenn du mal nicht weiter weißt
weil der Kopf immer um Unwägbarkeiten kreist
dass nichts mehr stimmt
weil auch die Liebe nur noch nimmt
und dich, dein Ich scheint niemand zu sehn
dann bleib erst einmal stehn
Atme
geh in eine ruhige Ecke
in eins deiner Verstecke
die Bilder in deinem Kopf werden jagen
was will dieses Kind in dir sagen
Atme
lass es geschehn
schmerzend oder leuchtend bunt
Atme und halt den Mund
Worin liegt deines Lebens tieferer Sinn
sieh wieder einmal ganz ehrlich hin
lass die Wahrheiten sprechen
du wirst an ihnen nicht zerbrechen
mag manches, mancher näher treten
mit dem einen singen
dem andern helfen beim Beten
jenem widme zum Abschied ein Gähnen
du musst den ab heute nie wieder erwähnen
aber Dinge und Leute muss man hin und wieder
neu lieben, wie erinnerungsschwere Lieder
sonst wird man sich selber zu schwer
und als wär man niemand mehr
spür dich, nur dich selber leben,

Atme
du könntest die Hand heben
da teilte sich vor dir das Rote Meer
geh los oder bleib stehn
aber lass einmal nur dich selber geschehn
nachher sei wieder ungeduldig
aber jetzt bist du niemandem etwas schuldig
Jemand liebt dich
es ist dein oft erschöpftes, zurückgewiesenes Ich
dein Ich liebt dich, du wirst geliebt
Atme so

Vater unser auf Erden
reicher Popanz in Weibergewändern
im Namen von einem
der arm einherging
und das erniedrigte Weib zurückhob
von wo es ausgestoßen war

ER mit seinem ruhenden Gemächt
wir brauchen ihn nicht
denn wir sind die Nachgeborenen von Maria
die geboren hat wie jedes Weib
ein Kind, das dem Leib und dem Leben entgleitet
wenig Kunde über sie
nachdem der Sohn am Kreuz gestorben war

Auch dieser Vater aller braucht den Aberglauben
von der Jungfrau, die Ungezeugtes gebären kann
wer bist du, Sterblicher wie wir
dass du den Frauen zuteilst,
wem ihr Bauch gehört
wo warst du und wo war deinesgleichen
als den Frauen gewalttätig Zeugung widerfuhr

Führ deinen Kindergeburtstag auf
den Ostergruß auf weitem Platz
in fünfundvierzig Sprachen
aber lass uns in Frieden mit deiner Verdammnis
der Ächtung von Natur und ihrem Hergang

Gott, warum hast du uns mit dem allein gelassen
nimm dich seiner an, hol ihn heim in dein Reich
sonst lassen wir wirklich die Kindlein
zu ihm kommen
all die geprügelten, hungernden
all die Parias, deren Vermehrung er anbefiehlt

Du schweigst, auch du
wenn die Mächtigen Weltgendarm spielen
woran du glaubst, die Hölle
dir wäre sie sicher

(An Karol Woytila, 2001)

Es könnte uns besser gehn
aber als es uns besser ging
ging es uns auch nicht gut
als es uns gut ging, wie unzufrieden
sprachen wir über hienieden

Dabei geht es uns besser
als den Enkeln von Tschernobyl oder
den Kindern in einer
brasilianischen Großstadt
im Irak, Palästina, Somalia
es geht uns besser als dem Mann im Papamobil
der ist gestorben, unbelehrt und unbekehrt
Jesus hat ihn gefragt:
Was hast du aus meiner Barmherzigkeit gemacht

Mit unserem tapferen Nein geht es uns besser
als anderen mit ihrem unbesehnen Ja
vielleicht liegen die kühl auf seidigem Pfühl
aber wenn sie dort nicht geliebt sind
gehts uns besser in unseren Betten
nicht immer finden wir Schlaf
und die Gedanken sind manchmal zu kühl
aber nicht geliebt und nicht begehrt
da versäumen andre das Beste
nur nicht nah dem Herzen ein scharfes Messer

Beim Arbeiten und seltenem Feste
geht es uns da besser

Morgen ist der erste Tag im Herbst
da lehn ich mich heute noch einmal
in den Sommer zurück
in sein Zuviel an Vollmond
Wasser und glutenden Tagen
ohne kühlende Nacht
Sahara wurde ein Alltagswort
glitt uns in den Alltag wie coffetogo
ab Morgen ist Herbst
da steigert der Wald noch einmal
seine Schönheit, er malt sich an

Wenn es dich gab in diesem Sommer
wenn du jemandem jemand warst
dann gehst du in den Herbst
ohne Frösteln, ohne Angst
vor kalten Füßen, früher Dämmerung
oder vor dem Herbst
zum leichten Pullover braucht es
ein leichtes, aufmerksames Herz

Lehn dich in den Sommer zurück
leg in deine Kiepe
alles, was er dir war
der Herbst gehört zum Schönsten im Jahr
wie der Winter, der Sommer und immer
der Lenz
mach ihm Konkurrenz

Ich möchte mir gehörn
als ob das leicht zu machen wär
wie der Mars und das Meer
möcht ich mir gehörn

Wie wir einander angehörn
lange und oft genug
doch ich weiß manchmal nur
den eignen Atemzug
und kann dich nicht beschwörn

Ich muss doch auch mir gehörn
und das nicht in Frage stelln
mir gehörn
so wie fernferne Wellen
mir gehörn

So in mir selber ruhn
als müsst ich nie mehr eilig sein
mir gehörn
wie der Liebe Nachhall und Schein
und wenn ich es brauche, schrein

Die Sehnsucht sendet bald genug
Feuer und Funkenflug
ich kann das All beschwörn
heiß, ohne Selbstbetrug
und möchte manchmal nur
mir gehörn

Die Ehrlichkeit, die ich euch biete
ist auch unter Schmerzen geborn
ich habe um dieser Ehrlichkeit willen
schon Freunde und Chancen verlorn
aber anders ist der Trieb
auszusprechen
nicht zu stillen
manchmal sagt er, der mich liebt
bei allem guten Willen
es darf dich nicht zerbrechen

Kann sein, sag ich und fange an
über das Leben zu reden
die Wahrheit erreicht inzwischen jeden
könnte also auch dich verletzen
nicht leicht, sich drüber hinweg zu setzen
sich einzumischen
zwei Stühle, einer da und einer dort
auf dem einen kannst du alles verwischen
auf dem andern zwingts dich zu ehrlichem Wort

leg mir eine leichte Hand auf den Rücken
ich sag nichts, aber ich will mich nicht drücken

Vielleicht werd ich ein Clown
und mach dem Leben Faxen
hör die Gräser wachsen
bin tagsüber schlecht gelaunt
erst am Abend werd ich so ulkig
dass man mich bestaunt

Ich werd ein Clown
und sag dem Freund die Wahrheit
dann lach ich los
da denkt der, ich mach Spass und spinn
dann lang' ich für ihn mit einem Satz
noch genauer hin

Ich werd ein Clown
und zeig der Welt den Rücken
verstecke meine Tücken
zieh mich hoch aus trübem Pfuhl
bin einfach nur ulkig
auf meinem kaputten Stuhl

Ich werd ein Clown
und lasse Wasser fliegen
seht euch vor
zu euern Füßen oder Schößen
werd ich liegen
man zählt mich zu den Größen

Man wird nicht auf mich baun
sie werden mir nicht vertraun
nehmen sich in Acht vor meinen Possen
am Ende zieh ich ab, gehe irgendwohin
trauriger Pudel und ziemlich begossen
derselbe, der ich grad eben bin

Mein Herz ist noch immer
offen für das meiste
Freunde, bei denen ich mir
Hoffnung leiste
noch immer Lust auf einen Beginn
und streckt es mich hin
steh ich wieder auf
auch wenn ich zuerst unsicher lauf

Ich will nicht sein wie kurz vorm Ende
sondern als leb' ich in goldener Mitte
hoffend, dass ich Neues fände
langsamer geh ich die nächsten Schritte
lebendig sein, bleiben, bis zum Ende

Wie begabt sind wir als Kind
und wenn wir glücklich sind
sogar im Alltag manchmal blühn
und wieder in was Buntes fliehn
was Bessres gibt es nicht
ich hab noch nichts gesehn

wo ich auf die Knie fall
orangner Feuerball
wie der ganz langsam niedersinkt
und wie der grüne Stern dann blinkt
was Bessres gibt es nicht
ich hab noch nichts gesehn

du und ich, wir altern zwar
und nicht nur äußerlich
die Haut wird dünner, grau das Haar
doch manches wird ja dann erst wahr
was Bessres gibt es nicht
ich hab noch nichts gesehn

hab ich was zu früh verprasst
und Wichtiges verpasst
das Herz nimmt andre Dinge ernst
mit denen du dann umgehn lernst
was Bessres gibt es nicht
ich hab noch nichts gesehn

das Leben hat was
ich finds schön
was Bessres gibt es nicht
ich hab noch nichts gesehn

Das Alter hat mich umarmt
die Stirn konnte nicht widerstehn
es hat sich meiner Hände erbarmt
auf den Lippen die Spur ist zu sehn

In den Augen noch früherer Glanz
erinnert an Sehnsucht und Tanz
das Lächeln aber verwandelt in:
tanz nicht mehr, geh und sieh hin

Alt sein ist anders als Älterwerden
wo soll das Herz denn hin
mit der Asche aus soviel erloschenen Herden
nehmt mir die Sterne erst aus der Tasche
wenn ich gestorben bin

Als ich klein war
sollte man mich hörn
die Mama mich lieben
und Tote sollten im Frühling wiederkehrn

Ich wollte in den Himmel
hab ängstlich nach der Hölle geschielt
für ungezogne Kinder war die Pfanne heiß
brav geworden bemerkte ich den Unfug
der Verbote und Weisungen
an die sich kein Erwachsner hielt

ich widersetzte mich
ging selig in die erste Falle
und tönte, dies sei Glück für alle

bald wechselte ich seine Stimme
gegen eine mit gleichem Sinn
aber samten, und eh ich ihn verlor
kam mir sein Paradies wie ein Gefängnis vor
seine vier behängten Wände
schonten eine Weile meine Hände

wir haben meine Irrtümer überlebt
auf der Tapete meines Lebens
hab ich keinen überklebt

Ein Jahr
was kann es uns denn geben
es ist ein jedes Jahr
wie unser ganzes Leben
nicht alles war im Frühling blühend
nicht alles war im Sommer glühend
nicht alles ist im Herbst voll Saft und reif
nicht immer zeigt der Tag den Silberstreif

Zwölf Monde, aber nun
das Jahr steigt aus den Schuhn
und gibt uns noch ein Fest
auf dem es sich Abschied nehmen lässt
es hat uns mit Regen begossen
nun geht es sachte aus der Tür
hat den Kalender geschlossen
ein friedliches Jahr, wir danken dafür

Kleine Traurigkeit am Morgen
eine gestörte Nacht ist vorbei
alles, was fliegen kann, fliegt
die Züge fahren ab
die Wege sind frei
ein nüchterner Tag beginnt
eh man sich auf den Traum besinnt

Wer ne Chance kriegt, muss fort
einer hier und eine dort
so wars ausgemacht
aber wir dachten nicht
an die Sonntagnacht

Wir schaffens bestimmt
so viele Züge fahrn her
und alle Wege sind für gewöhnlich frei
kleine Traurigkeit am Morgen
alles ist gut, aber wir
warn in dieser Sonntagnacht
wieder nicht dabei

Ein Wort sei ein Wort
das klang wie ein Schwur
nie gemeint als Schlussakkord
wir dachten nur
es wird gehn, ich bleib hier
und du immer öfter dort

Kleine Traurigkeit am Morgen
es schleicht sich was Fremdes ein
es ist zu früh, sagst du
aber mach dir keine Sorgen
die Züge fahrn ab, die Wege sind weit
wir haben irgendwann wieder Zeit
Regen und Schnee falln aufs Dach
und ich liege viel zu oft wach

Als die Blätter tanzten
hab ich ungeduldig an den Frühling gedacht
als der stille Schnee fiel
mir Sorgen um den Sommer gemacht
wie du neben mir lagst, dacht ich
ob du es wohl wagst
bis zum letzten Augenblick
bei mir zu bleiben
ein Gedanke wollte sich am Herzen reiben
vielleicht tut er hier nur seine Pflicht
behält das bei oder auch nicht
kann sein, im Herbst
wird es eins von uns weitertreiben

Ich bin dir zu eigen
das könnte ich öfter
und deutlicher zeigen
ich hab aber gelernt
manches aus Keuschheit
zu verschweigen

Marx, Engels und Goethe
sind gut gegen mancherlei Nöte
und Rilke nicht zu vergessen
jeder Vergleich ist vermessen
die Liste, mein Herz, ist viel länger
aber meine Seele wird zusehends enger

Ich denk manchmal, ich hätt mich doch
in uns beiden geirrt
das tut sehr weh, weißt du
und es macht mich verwirrt
die Klassiker können da wenig machen
kamen auch nicht zurecht mit der Liebe Sachen
du bist etwas lebensnotwendig Langes
alles andre ist noch immer zweiten Ranges

Umarme sie
eh du aus dem Haus gehst
sag ihr wieder mal
dass du sie verstehst

aber etwas nie Gesagtes lass offen
das braucht sie
um ein Wunder von Dauer
zu erhoffen
für Glück und Streit
braucht ihr das zu zweit

wenn sie alles von dir weiß
deiner ganz sicher ist
dann habt ihr eine zu kleine Frist
Tränen zu vergießen
oder euch zu genießen

schau hin
wenn du sie umarmst
sollte sie noch immer die Augen schließen

Wie ein Adler
so umkreiste er mein Nest
hatte nicht bedacht
dass ein großes Tier
sich darin kaum niederlässt
er hat das gemacht

Ich hielt meine Federn still
nur das Herz schlug angstvoll laut
doch zu schrei'n, dass ich nicht will
hab ich mich nicht getraut

Wie ein Adler
flog er grob und schwer dahin
wo ich niemals war
und gewiss nicht bin
sah mir keinen Sinn

Ach warum nur
sagten Freunde aufgebracht
so ein großes Tier
sorgt doch immer gut
für die eigne Brut
was hast du mit ihm gemacht

Hältst die Federn still
dabei gehts um deine Haut
manche Freunde sagten laut
wer kriegt alles, was er will

Ich hielt meine Federn still
weil ich keinen Adler will
der wohl Beute schlagen kann
doch wie kalt sieht der mich an

Grob und heiter
flieg du weiter
fliege sonst wo hin
bleib, wo ich nicht bin
wenn der Schnabel auf mich niederstößt
bleiben alle Rätsel ungelöst
flieg du hin
wo ich nicht bin

Was willst du von mir
so spät im Leben
sagst du das, hab ich das gesagt
alles, was hätte sein können
alles versäumte, ungelebte
aufgeschobene, ausgedachte
hat sich früher vor uns aufgebaut
was willst du von mir

Lass uns reden
wie könnte noch Anfang sein
ein Weg zueinander
ich leg meine Stirn an deine Wange
du hältst meine Hand, sehr lange
jede Ausrede kommt zu spät

Keins von uns fällt entzückt
über den anderen her
wir beschwören Takt und Moral
und landen in heiterer Trauer
Ich plündere deine Bildung
all die unglaubliche Erfahrung
eines bunten Lebens

Damit kann ich nicht dienen, sag ich
aber du entdeckst, was ich dir
voraus habe, einiges, was ich kann
Nimm, sagen wir beide
aufs Rechthaben kommt es nicht an

Genüsse, nicht geringer als die
Sensationen der jungen Jahre
nein, das Herz fliegt uns nicht um die Ohrn
wir fürchten nicht
den Grund zur Eifersucht
beuten einander genussvoll aus

Was wir versäumen, will kein anderer
tun wir uns gut, indem wir alles unterlassen
was auch sein könnte
oh, der Gedanke kommt schon auf
aber wir lachen das weg
keine Beschönigung, so spät im Leben
vielleicht warn wir einst füreinander bestimmt

Um Mitternacht, wenn ich schlafen muss
überfalln mich oft die Ängste
die Zeit für den Alltag wird mir zu schmal
die für den Schlaf scheint die längste

Das eine, das einzige Wort wird gesagt
indessen ich einfach nur träume
die kühnste, die herrlichste Tat wird gewagt
wie schade, dass ich sie versäume

Da draußen geht einsam ein Freund auf und ab
und ich lieg hier drinnen und schlafe
den schönsten Kerl bringt eine andre auf Trab
ich kriege gar nichts, zur Strafe

Um Mitternacht dreh ich mich oft herum
das Bett wird mir zum Gefängnis
woanders, da findet das Weltgeschehn statt
da schafft wer, da löst sich Bedrängnis

Da schenkt wer den Wein ein, den's nie wieder gibt
sie tanzen und ich stehe draußen
da gibt wer wen auf, den er immer noch liebt
wie gut könnt ich raten, von außen

Die erste verlorene Liebe wird alt
weil ich hier die Zeit verpenne
der wichtigste Ofen des Lebens wird kalt
weil ich drin kein Holz verbrenne

Ich weiß, dass ich einmal das Größte verpass
um biederen Schlummers will
und weiß eine Nacht, als ich das ganz vergaß
da lagen wir schlafend im Stillen

Der Tod kriegt mich erst
wenn ich auch das schönste Lied
den duftenden Tee
drei neue Bücher
das leere Blatt, den Hörer und
die Bilder der Erinnerung
achtlos zur Seite lege

Erst dann, Tod, gehöre ich dir
erst wenn du nichts mehr von mir hast
wenn ich wie ein müdes Blatt die Ränder schließe
wenn ich kaum noch spüre, dass etwas fehlt
wenn mich kalt lässt, was in der Welt geschieht
dann mach ich mir ein letztes wundersames Lied

Noch malt es hinter den Lidern oft kunterbunt
küss mich noch einmal, geliebter Mund
noch einen Aufbruch will ich mir gönnen
was hätten wir nicht alles beginnen können
mehr darüber wissen, sonst kann ich nicht gehn
wär schön, rote Nelken als Blütenmeer sehn
noch eine Runde im Zeitalter drehn

Die Lebensuhr zeigt, dass ich aufhören kann
sie schreibt mir nicht vor, welche Art, oder wann
der Tee duftet her, das Buch fängt gut an
eben noch müde, das Leben gewinnt
der Tag wird mir leicht, weil er eben beginnt

Hier in dem Zimmer, wohin ich auch schaue
warst du, warn wir, war die Liebe
jeder September verzaubert mir wieder
die Regennacht, das Grau' und Blaue
nur im September ist alles wie damals
du lebtest bei mir eine neue Liebe.
Hier in dem Zimmer erleb ich dich immer
wie damals, damals

Der erste September, mehr grau als blau
und doch, wie zärtlich.
Als wir uns glichen, war bunter der Herbst wohl
die Farben sind seither verblichen
Viele September sind seither vergangen
du wirst dich erinnern, sie zählten kaum.
Immer, wenn Herbst ist, wird alles, wie du bist
wie damals, damals

Hier in dem Zimmer erscheint es mir immer
so leicht, so leicht, auf dich zu warten
Seit der September mich immer erinnert
an die Zeit mit dir, die Zeit der Liebe
blüht im September die Welt, statt zu welken
und nichts ist so wirklich wie das Grau und Blaue
jeder September bringt mir deine Nähe
wie damals, damals

Ihr Bürgersleut', gehn wir schlafen
und lassen all den braven
Politikern das Spiel
sie werden es schon richten
ich geh von Liebe dichten
denk wenig, fühle viel

Das Volk darf nicht so mauern
bei all der hohen Müh'
nicht nur auf Fehler lauern
den Mann auch mal bedauern
und abwähln nie zu früh

Den Stachel etwas heben
nicht hoch, rät dir der Brauch
kostet zwar nicht das Leben
doch Wohlergehn zählt auch
Gehn wir doch erst mal schlafen
ihr lieben Bürgersleut
und geben all den braven
Politikern mehr Zeit

Sie werden es schon packen
mit ihrem festen Griff
und sei es unser Nacken
und sei's das nächste Riff
wir sind beschützte Menge
und braver Untertan
und spüren neue Zwänge
im deutschen Kippelkahn

Als wir Recht hatten, alle
gerieten wir in die Falle
nun zählen wir die Narben
merken, woran wir darben
wir, nicht mehr gar so viele
der Horizont scheint uns blutrot
die Seele merkt auf und will mehr als Brot
treffen wir uns, lasst uns reden
wir brauchen jeden

Welch Auferstehn
es wird nie wieder anders sein
wird nur noch Apfelblüten schnein
die Liebe kann auf nackten Füßen gehn

Da treibt der Wind uns, wenn er will
aufs Meer hinaus
im Winter fand ich mich zu still
nun will ein Duft die Nacht durchwehn
nun sing doch, Vogel, singe schrill

Wenn das ein Frühling noch kann
dagegen geh ich nicht an
ich tu es ja, versuche aufzustehn
streife die Winterhaut vom Herzen ab
beschleunige den Schritt, setz mich in Trab

Sag nicht, ich nehm den Mund zu voll
uns bleibt nur noch ein Streifen Abendlicht
es ist nicht wahr, ich fühl das nicht
wer dürfte mir denn sagen, was ich soll

Ich lege mich ins grüne Gras
zu zweit wird mehr, als eins besaß
ab morgen, weißt du, oder übermorgen
werd ich den Streifen Abendlicht besorgen

Erkennst du die uralte Weise
ach Liebster, ich will zu dir her
beklagte mich still, nur ganz leise
das Herz wär mir weniger schwer

Aber du bist in deinem befangen
und das deine ist zu weit entfernt
was hab ich vom alten Verlangen
dein Himmel ist anders besternt

Erinnerst du dich an Versprechen
was lehnten wir nicht alles ab
und lernten, es heimlich zu brechen
wie ich mich dann aufgeführt hab

Oder kannst du dich nicht mehr besinnen
wie ich oft viel zu sehr um dich warb
manchmal stach mich ein Schmerz tief drinnen
aber nicht, dass ich fast daran starb

Erkennst du die Worte nicht wieder
damals blieb wirklich vieles vertagt
war ein Anfang, wir rangen ihn nieder
wir haben zusammen versagt

So blieb jedes im eignen befangen
hielt das eigne vom andern entfernt
es war nichts als das alte Verlangen
keins von uns hat das verlernt

Geh nicht vorbei, als ob nichts war
nicht einfach so
es gab nicht nur das eine Jahr
auch alles andere bleibt wahr

Wir haben beide was versucht
wir zahlten beide dabei drauf
wir nahmens halb erfror'n in Kauf

Kein Augenblick sei je verflucht
geh nicht vorbei, als ob nichts war
lach nicht so laut, so ausgesucht
geh nicht vorbei

Die erste Zeit mit nackter Haut
und unser Luftschloss, hoch gebaut

Wir haben beide was erreicht
zum Leben brauchen wir uns nicht
du bist noch schön, doch dein Gesicht
zeigt mir, nicht alles fällt dir leicht

Wir waren beide damals zu verletzt
was ich nicht ändern will und kann
geh nicht vorbei, wir sind ganz anders jetzt
ganz anders, sieh uns an

Wir kommen uns nie mehr so nah
und was geschehn kann, ist geschehn
geh nicht vorbei
das könnt ich nie, in einem Raum mit dir
vorbei zu gehn

Ich habe dir mein Bett gemacht
nun holt der Teufel mich bei Nacht
das Dunkel war nie mehr so sacht
so bin ich nie mehr aufgewacht

Geh nicht vorbei, auf andre zu
fall nicht in Arme, sag nicht Du
geh nicht vorbei, nicht einfach so
wir waren eins und waren zwei
geh nicht vorbei
ohne mich freundlich anzusehn

Du und ich
Mann und Frau
so wie Rose und Pfau
sind wir der Erde nur eine Art
und decken uns à la carte
bis zuletzt
mit aller Schöpfung den Tisch
als hätte sie uns wer
zum Verzehr
vorgesetzt
wir sind die einzige Art
die sich überfrisst
und ohne Not
andern feindlich ist

Wir tun, als ob die Erde
unerschöpflich bleibt
obgleich sie ohne unser Halt
zum Untergang treibt

Als ob Zeit, die vergeht
nur Vergänglichkeit wär
in all dem Stirb und Werde
sind wir der Erde
schon lange zu schwer

Jeden Tag schießt ein
Pilz aus ihrem Leib
aber ohne uns Ruhe zu gönnen
spieln wir mit dem, was wir können
was für ein Zeitvertreib

die Erde ist fast am Ende
wer ruft jetzt nach einer Wende

Härte in deinen Augen
Meinungen, die nicht taugen
ich hab lange nicht mehr geweint
es ist doch alles nur gut gemeint

Falls die Sonne scheint
ist sie mir zu heiß
weil ich über sie Drohendes weiß
die Zeitungen schütten mit Kübeln
berichten von aller Welt Übeln

Ich möchte die falsche Ruhe störn
und spüre zum ersten Mal
der Jahre Zahl
sie mahnt mich, mit manchem aufzuhörn

Sie ist diese komische Frau
die bei dir in der Küche kocht
die hast du einmal geliebt
du hast sie sogar gemocht
nun fühlt sie sich oft dunkelgrau
dann hat sie zu viel malocht
du guckst sie an
wie einen abgebrannten Docht

gib acht, manchmal guckt sie sich um
in der Stube oder zum Fenster raus
da wird alles Laute in ihr stumm
etwas gibt ihr innerlich Applaus
streift sie seidenglatt
die Schultern heben sich
sie findet statt
sag kein Wort, oder sie geht fort
um sich einzuholen
und du bleibst ihr für immer gestohlen

schau auf ihren schmal gewordnen Mund
und lass dich sehn, vor Ungeliebtsein wund

Wo du hingehst
wollte auch ich hingehn
aber der Ort, um den es ging
ist verschwunden

Ich wollte dich heilen
du solltest gesunden
nun leg ich oft kalte Hände
auf alte Narben und neue Wunden
in frühen Briefen kann ich lesen
wir sind uns auf der Spur gewesen

Wie liebevoll, doch zu klein gedacht
vom deutschen Wesen warn wir genesen
nun streben die nächsten an solche Macht
unsre Seele fühlt sich manchmal wie umgebracht

Kostet viel Kraft, muss aber sein
ungeachtet unserer Schrunden
im Alter nun, einander verbunden
mischen wir uns mit unserem Nein
noch einmal ein

Noch einmal scharf hinsehn
noch einmal, trotz allem, hingehn

Das Leben warnt nicht vor
reißt dir das Beste weg
holt dich aus sichrem Versteck
schreit dir eine Wahrheit ins Ohr

du lagst grad im grünen Grase
schontest mal deine Kraft
hattest dich müde geschafft
mit einem Buch vor der Nase

das ist dir schon widerfahren
in den hübschen jüngeren Jahren
da steckt man es irgendwie weg
aber grad eben hat dein Boot ein Leck

das Leben schlägt auch zu
mitten in Harmonie
übertrifft jede Phantasie
warum grade die und warum grade du

doch manchmal, da pocht es von innen
ich möchte noch einmal gewinnen
ich möcht meinen Weg noch mal gehn
lass mich, es wäre doch schön

Ich hätt auch ohne dich
das Beste draus gemacht
hätt losgelacht oder
nachgedacht

Mir ging auch ohne dich
ein fremder Kummer nah
ich war für Freunde da
wie die für mich

Ich nahm es gleich nicht leicht
so hat es weit gereicht
statt 'ner verliebten Zeit
die Ewigkeit

Die dank ich dir und dank ich mir
falls dieses Wort hier passt
bleib bis zum letzten Atem hier
Du wirst mir nie zur Last

Wer sind denn wir in alledem
was schmerzt und flieht
und aus den Wassern zieht
ganz unversehens heilt
uns ratlos lässt und weitereilt
zum Wiederkehrn und Auferstehen zwingt
und in die Angst von alten Wundern singt

Wer sind denn wir in alledem
das uns um Schlaf und Ruhe bringt
wenn ferner Schmerzensschrei
und Aufstand nichts erbringt
weil Macht es niederringt

Was hab ich noch, das jemand braucht
und nicht nur, weil mein Schornstein raucht
mein schönes Wort wem anders Ruhe haucht
wir sind nicht frei, es spricht uns niemand los
wir haben nichts zur Wehr, stehn nackt und bloß

wenn Vers und Brief von ehedem
nur taugt zur Flamme und verkohlt
erwarten wir den, der uns holt
weil wir erledigt sind, verbraucht
von dem, was stirbt, was untertaucht

das Leben aber doch, das Leben ist so groß
Gevatter, einmal noch, lass uns noch einmal los

Nachwort

Was bleibt zu sagen? Über Herkommen und Hinwollen – wie ich es heute sehe, heute weiß, mir heute denken könnte.

Als kleines Mädchen habe ich der Goebbels-Schnauze aus dummen Schlagern und Operettenarien, aus Lied sein wollenden Anbrüllungen der »Heimat« und der Front, ohne weiteren Schaden durch den Inhalt, etwas entnommen, was mir im Sinn blieb. Das war das Metrum, ein Wort, das ich nicht kannte und nicht verstanden hätte. Aber es war und blieb für mich ein müheloses Etwas aus Klang und Rhythmus, das mir von da an zur Verfügung stand.

Die wohl einzige Lust meines frühen Lebens, auch mir selber unbewusst, war die unersättliche Lust auf Zuhören. Dafür nahm ich kalte Füße beim ertappten Lauschen, und Anschnauzer über scheinbares Rumstehen in Kauf. Ich wollte unbedingt hören, wie die Erwachsenen ihr eigenes Leben erzählten. Der kleinste Vorgang, jedes Ereignis, schmal alles Ungeklärte, und besonders häufig das an ihnen Verschuldete, kam zur Sprache und wurde in Mülleimer oder Schatzkästchen gesteckt. Sie erzählten es meiner Mutter, aber die wollte nicht lange zuhören, sondern sich selber kundtun. Dieses Belauschen auch weitschweifigster Art ersetzte mir in der armseligen Kindheit alles Spielzeug, das ich nicht besaß.

Aber dieser erste Akt der Intimität war ja die geringere, wenn auch bemerkenswerte Lust. Wirklich schön wurde es erst dann.

Ich hörte die Geschichten ein zweites Mal, wenigstens. Sie waren schon beim ersten Mal zutiefst unwahr, aber beim Wiederholen hatten sie sich bereits wieder verändert. Andere Wörter, andere Abfolge, und manche Bewertung hatte sich gewandelt.

Ich aber hatte mir alles gemerkt. Und tauschte Wörter aus, erinnerte mich genau, ergänzte neue Wertungen, oder widersprach ihnen und litt darunter, dass meine Mutter so schamlos log, immer zu ihren Gunsten. Sie war die Heldin in Geschichten, die nie oder ganz anders stattgefunden hatten. So begriff ich einen kleinen Teil von dem, was man Leben nennt.

Die Soldatenfrauen waren oft einsam. Eine so aufmerksame Zuhörerin kam ihnen gerade recht. Sie erzählten nicht mehr meiner Mutter, die leicht ungeduldig wurde, sondern ab meinem zwölften Lebensjahr mir, der unersättlichen Person. Ich hörte zu, hatte nie einen Einwand, gab ihnen also die Medizin Rechthaben, und sie fanden mich sehr verständig, ob ich dabei Socken strickte, mit ihnen das Geschirr wusch oder Wäsche aufhängte, oder ihnen das Kleinholz hackte, während sie ihrerseits solchen Tätigkeiten nachgingen, von denen schon unsere Töchter keine Ahnung mehr haben.

Als Kind hatte ich oft Angst. Meine Meinung hat zuhause niemanden interessiert, und es war schwer, drakonische Strafen zu vermeiden. Aber nach immer derselben simplen Melodie machte ich mir aus Erfreulichem und zu Befürchtenden jeden Tag ein Lied. Das war meine Wehr, meine unerwünschte Antwort, mein geheimer Widerstand.

Meine Bildung besteht aus sieben Klassen Volksschule. Das letzte Jahr wurde uns vom Führer geschenkt, weil er uns so vertraute. Die Gemeinde vertraute den vielen Flüchtlingen aus Schlesien wie aus Siebenbürgen die Schule als Quartiere an. Viel Leid, viel zu erzählen, so wie viel spannendes Zuhören.

Dass es Bücher gibt, in denen Gedichte stehen, wusste ich nicht. Im Lesebuch, gültig für vier Schuljahre, gab es drei Balladen: »Es stand in alten Zeiten ein Schloss ...« und Schillers »Handschuh« mit der Zeile »den Dank, Dame begehr ich nicht ...« und »Der Zauberlehrling«.

Im Leben begibt sich vieles in einer sehr einfachen Weise. Jemand schreibt dauernd Texte, und ein andrer sucht ebenso andauernd nach solchen, weil er über die dem Schreibenden nicht zur Verfügung stehende hohe Kunst des Gesanges verfügt. Der Autor wird vom Sänger und vom Komponisten gebraucht, sofern der nicht selber rumdichtet, was er oft nicht sollte.

Über jene seelischen Erleichterungen zwischen Kindheit und Jugend hat meine erste Familie nie etwas erfahren.

Einer der Auslöser für späteres Aufschreiben war das Bedürfnis, auf meine Weise Geschichten zu erzählen. Ich lernte, wie das auch in Liedtexten und Gedichten geht, es sind alles Geschichten, es ist alles Erzählen.

Ich hatte das Glück, Künstlern zu begegnen, die mich forderten, sich mit mir auf Neues einließen, und es war immer die ganze Liebe an der Sache Literatur. In meinem nächsten, letzten, Buch werde ich mich bei ihnen einzeln bedanken. Neben meiner Familie waren sie die wichtigsten Menschen in meinem Leben: Meine Freunde, meine Kumpane, unersetzbare Widersacher, Antreiber und Bereichernde. Viele von ihnen leben nun nicht mehr. Ob ich ihnen Lieder schreiben durfte, oder ob sie meine Gedichte in ihre Arbeit nahmen, sie waren und sind nicht austauschbar.

Es gibt Künstler, die ich verehre, und in die ich mich aber nur selten vertiefe, weil ihr Werk, ihr Grundton so ansteckend, so suggestiv ist, dass man ihren Ton aufnimmt, auch wenn man das gewiss nicht will. Du brauchst zwei Herzhöhlen, hat mir die Erfahrung gesagt. In der einen müssen die fremden Schätze bewahrt werden, in der anderen das immer in Frage gestellte Eigene. »Der Mond ist aufgegangen«, das ist unsterblich, so wie das Wort von den Wegen, denen man ansah, dass es Heimwege waren. Geht das nebeneinander? O ja, die Labé und die Bostroem ja auch, und ... nein, es sammelt und ändert sich, findet sich wieder, oder es hat sich erledigt und es löst sich, oder wir lösen uns. daraus Ohne das geht es nicht – und es geht nicht ohne Arbeit, die stete und ständige. Talent reicht nicht, das hat fast jeder. Ohne Arbeit daran ist es nicht mehr, als eine Pusteblume.

Niemals in meinem Leben habe ich mich mit einem leeren Blatt Papier und einem Stift hingesetzt und auf ein Gedicht gewartet. Es reagiert manchmal auf das, was jemand sagt, eine eher rotzige Bemerkung, oder ein Satz, der sich wie ein Koffer öffnet, oder eine lange Lebensbeichte, auf die man sagen möchte:

Ja, schön, dumm gelaufen.

Es gibt einen geübten Nerv, der den Satz, das Bild, das Gefühl oder die Anregung aufgreift und hinpackt, wo es beunruhigt und in Arbeit genommen werden kann. Es ist immer unvorhergesehen, immer ähnlich dem Stein des Bildhauers. Es könnte alles sein, aber wenn es die Wahrheit werden soll, muss ihm alles Überflüssige entzogen werden. Manchmal drängen sich mir Verse auf, die sehr unbequem anklopfen und keine Ruhe geben. Ich hätts vielleicht gerade gern schöner, aber danach fragt ja das Leben auch nicht.

Will sagen: Mag da eine Quelle sein, denn nur Angewohnheit würde kaum ausreichen. Mag da eine Gabe für die innere Musik der Sprache gegeben sein: Schreiben ist Aussprechen.

So wichtig wie Talent ist der Mut zur Ehrlichkeit. Auch sich selber gegenüber. Ich kann mich irren, ich kann Blödsinn für edle Gefühle halten, mich schöner machen wollen, als ich bin. Beim Schreiben werden die Buchstaben der falsche Schmuck. Jedes unehrliche Wort sticht in die Augen und in die Seele. Man merkt es immer, kommt immer dem Kritiker zuvor – es sei denn, der ist ein Idiot.

Obwohl wir so nicht geboren sind, obwohl wir so nicht erzogen werden: Der wichtigste Teil der Arbeit ist das allmähliche Erwerben der Fähigkeit, das Eigene zu sagen. Nicht das Scheinbare, nicht das, was einen als klug und edel ausgibt. Dein Ich ist kein Artikel, den du aufputzen musst, damit du ihn teuer genug verhökern kannst.

Ich bekomme viele Briefe mit Gedichten. Ich sage nie: hör auf. Ich sage immer: fang an. Fang an zu arbeiten. An deinen Gedanken, deinen Gefühlen, deinen Selbstbildern und deinen Fotos der anderen – erwirb deine Muttersprache und beute sie aus. Ich reiche Goethes Rat weiter: Erwirb es, um es zu besitzen.

Vielleicht hab ich ja alles gesagt. Vielleicht das Wichtigste für morgen heute noch nicht gewusst. Immer lassen wir etwas zurück, was wir grade eben angefangen haben. Vielleicht aber haben wir auch durch eine Zeile, ein Lied, einen Brief mehr Verständnis und Verzeihung erfahren, als wir uns erhoffen konnten. Gebraucht hätten wir es immer, wenn auch vielleicht nicht immer verdient.

Ich öffne die Tür, und sollte ich nicht mehr im Raum sein, komm herein und mach es dir gemütlich. Ich bin hier, und etwas von mir soll dich in den Arm nehmen.

Inhalt

Am Tag der Rose 5
Ich hab gelacht über dich 6
Auch wenn ich deinen Tod auf mich nähme 7
Aus der Arche stieg 8
Noch lebe ich 9
Die Oliven gedeihn 10
Vergeblich war 11
Hätt ich, aber ich habe ja nicht 12
Ich höre 13
Was bleibt, wenn nun die Freunde sterben 14
Es ist gar nichts passiert 15
Die Leute von dort sind Fremde im Land 16
Zuhörn zu spürn und das Wort zu führn 17
Manchmal weiß ich nicht weiter 18
Meinst du, die Russen wollen Krieg? 20
Ein Fuß von mir 22
Die Toten sind nicht niemals gefallen 23
Abu Jamal schreibt, um zu leben 24
Abseits der Straße 26
Ihr lasst die anderen sterben 28
Mein Leben 29
Ich werde dich aufnehmen 30
Komm, tauschen wir 31
In jedem Juni 32
An der Klagemauer der Verlierer 33
So lange her 34
Er sah sich deinen Himmel an 35
Ich wollte nicht essen 36

Nähe braucht spürbare Annäherung 37
Ich hätt gern noch eine Herrlichkeit 38
Ich habe dich erwartet 39
Ihr Vater hat eine Kindheit gehabt 40
Ich zeigte mich dir her 42
Ich will nie wieder 43
Ich bin es leid 44
All ihre Leben 45
Ich glaube, Engel leuchten 46
Es sind unsre eignen Gedanken gewesen 47
Wie wir damals warn 48
Du warst ein Kind 50
Der Mond zieht an den Wassern 51
Wenn mir so ein Glück gegeben wär 52
Manchmal hab ich Schmerzen 54
Dort wo mein Herz war 55
Dieser eine Augenblick 56
Du bist so schwer 57
Hoch hinauf 58
Du singst so in diesem Augenblick 59
Wie durch Zauberei 60
Die Eisblumen erblühen 61
Du hast mich nie verlassen 62
Tagsüber kaum gelacht 63
Bei deiner Geburt 64
Als ich zum Fluss ging 65
Morgens streck ich die Hand aus 66
Dich hab ich geliebt 67
Ich drehe mich sehr langsam um 68
Vorher hast du noch 69

Eines Tages trete ich morgens 70
Geselle min auf schmalem Steg 71
Früher, bei uns zuhause 72
Sie hat sich das Haar gewaschen 73
Mein seltsames Leben 74
Zu viel angeschwemmt 76
Die trennenden Wasser 77
Wenn du mal nicht weiter weißt 78
Vater unser auf Erden 80
Es könnte uns besser gehn 82
Morgen ist der erste Tag im Herbst 83
Ich möchte mir gehörn 84
Die Ehrlichkeit, die ich euch biete 85
Vielleicht werd ich ein Clown 86
Mein Herz ist noch immer 87
Wie begabt sind wir als Kind 88
Das Alter hat mich umarmt 89
Als ich klein war 90
Ein Jahr 91
Kleine Traurigkeit am Morgen 92
Als die Blätter tanzten 93
Ich bin dir zu eigen 94
Umarme sie 95
Wie ein Adler 96
Was willst du von mir 98
Um Mitternacht, wenn ich schlafen muss 100
Der Tod kriegt mich erst 102
Hier in dem Zimmer, wohin ich auch schaue 103
Ihr Bürgersleut', gehn wir schlafen 104

Als wir Recht hatten **105**
Welch Auferstehn **106**
Erkennst du die uralte Weise **107**
Geh nicht vorbei, als ob nichts war **108**
Du und ich **110**
Härte in deinen Augen **111**
Sie ist diese komische Frau **112**
Wo du hingehst **113**
Das Leben warnt nicht vor **114**
Ich hätte auch ohne dich **115**
Wer sind denn wir in alledem **116**
Nachwort **117**

ISBN 978-3-355-01826-5

1. Auflage 2014

Umschlaggestaltung: Verlag
Druck und Bindung: Prosystem, Polen

www.neues-leben.de